Sei por ouvir dizer

Livro vencedor do
Prêmio Jabuti 2008

global
editora

Bartolomeu Campos de Queirós

Sei por ouvir dizer

Ilustrações
Suppa

São Paulo
2024

global
editora

© Jefferson L. Alves e Richard A. Alves, 2022

2ª Edição, Edelbra, 2007
3ª Edição, Global Editora, São Paulo 2024

Jefferson L. Alves – diretor editorial
Flávio Samuel – gerente de produção
Eduardo Reyes – projeto gráfico
Suppa – capa e ilustrações
Equipe Global Editora – produção editorial e gráfica

Dados Internacionais de Catalogação na Publicação (CIP)
(Câmara Brasileira do Livro, SP, Brasil)

Queirós, Bartolomeu Campos de, 1944-2012
    Sei por ouvir dizer / Bartolomeu Campos de Queirós ;
ilustrações Suppa. – 3. ed. – São Paulo : Global Editora, 2024.

    ISBN 978-65-5612-539-8

    1. Literatura infantojuvenil I. Suppa. II. Título.

23-182889   CDD-028.5

Índices para catálogo sistemático:

1. Literatura infantil   028.5
2. Literatura infantojuvenil   028.5

Cibele Maria Dias - Bibliotecária - CRB-8/9427

Obra atualizada conforme o
NOVO ACORDO ORTOGRÁFICO DA LÍNGUA PORTUGUESA

Global Editora e Distribuidora Ltda.
Rua Pirapitingui, 111 – Liberdade
CEP 01508-020 – São Paulo – SP
Tel.: (11) 3277-7999
e-mail: global@globaleditora.com.br

g grupoeditorialglobal.com.br   X @globaleditora

f /globaleditora   ⊙ @globaleditora

▶ /globaleditora   in /globaleditora

● blog.grupoeditorialglobal.com.br

Nº de Catálogo: **4641**

Para Nely Rosa

Não era uma vez. Eram três vezes uma senhora, com três idades: uma idade passada, outra idade presente, e uma idade futura. Diziam que ela vencia agora a sua última idade. A mulher tagarelava afirmando ter nascido em três datas. Dizia comemorar três dias de aniversário: no Dia de São Nunca, no feriado de Nossa Senhora do Sempre e no Dia da Mentira. Quem a conheceu contava que ela narrava essa história sorrindo para o lado direito, em seguida para o lado esquerdo e depois para quem estivesse indeciso em acreditar. Parecia brincar de fazer três caretas. Uma feia, uma bonita e a terceira mais cruel ainda.

Explicava ter morado em três cidades: na Terra do Ontem, na Vila do Hoje e na Capital do Amanhã, e se dizia filha de três casamentos. Declarava ser de um país que não tinha dia, não tinha noite, nem fronteiras, onde se falavam três línguas: uma só feita de vogais, outra apenas de consoantes e uma terceira feita de silêncios. A bandeira de sua pátria foi costurada com três retalhos coloridos: um pedaço cor de nada, outro cor de vazio e o terceiro com metros estampados de silêncios.

Eu duvidava da existência dessa senhora. Mas não me custava fazer de conta. Podia usar três maneiras para explicar meus motivos: que foi um sonho meu, uma fantasia ou um não ter o que fazer. O senhor Trindade, vizinho da velha senhora, resmungava que ela aparecera naquele lugar num dia sem manhã, num mês sem semanas, num ano fora do calendário. Eu, a bem da verdade, não conheci o senhor Trindade. Imaginava ser um homem também dividido em três: cabeça, tronco e membros. Uma cabeça para imaginar, um tronco com grades para proteger o coração, pernas para ir e voltar e mãos para dar e receber.

Ele teimava que a mulher havia construído sua casa três vezes pequena, numa ilha chamada Tríplice. Três rios protegiam sua morada: um rio subia pela terra acima, outro descia morro abaixo e, no terceiro, as águas não haviam escolhido a direção. No rio que subia, morava um barco com três velas acesas. No rio que escorregava, viviam cinco peixes comendo três pães, e acreditavam em milagre. No rio sem direção, não nadava nada. Três pontes cortavam suas águas, construídas com madeiras frágeis como é a esperança.

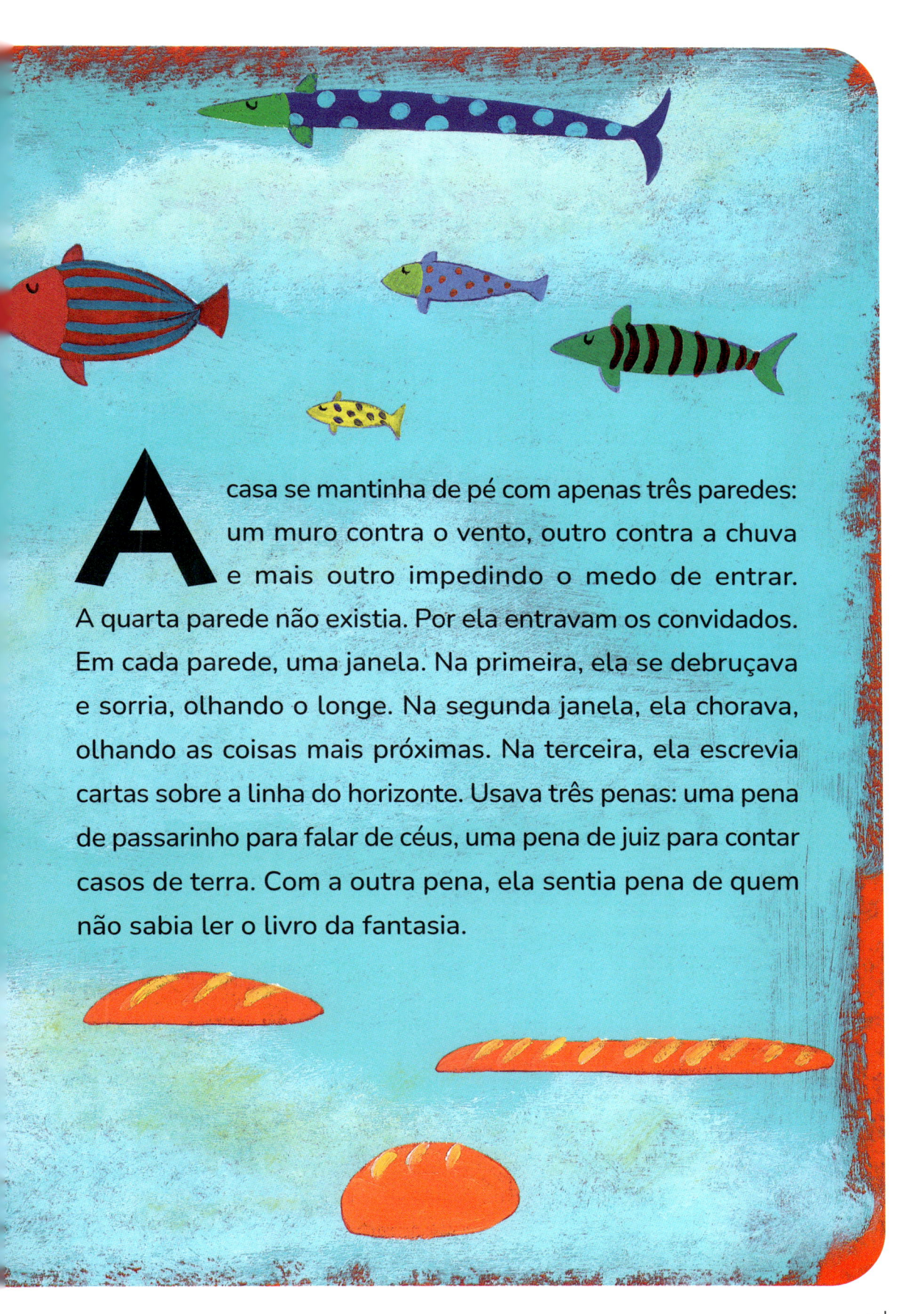

A casa se mantinha de pé com apenas três paredes: um muro contra o vento, outro contra a chuva e mais outro impedindo o medo de entrar. A quarta parede não existia. Por ela entravam os convidados. Em cada parede, uma janela. Na primeira, ela se debruçava e sorria, olhando o longe. Na segunda janela, ela chorava, olhando as coisas mais próximas. Na terceira, ela escrevia cartas sobre a linha do horizonte. Usava três penas: uma pena de passarinho para falar de céus, uma pena de juiz para contar casos de terra. Com a outra pena, ela sentia pena de quem não sabia ler o livro da fantasia.

Um

dia, uma voz vinda não sei de onde, me soprou baixinho, bem ao pé do ouvido, o maior dos segredos da velha dama. Eu me assustei e cheguei a ter três noites sem dormir e desmaiei três vezes: no café da manhã, no almoço e no jantar.

Ela

Ela usava três pares de óculos. Um para ver o perto, outro para ver o longe e o terceiro para procurar os dois. E mais, invejando a felicidade da mulher, todos os habitantes sonhavam em comprar três pares de óculos, como os dela. Mas a velha senhora jamais contou o endereço.

Fiquei

Fiquei confuso, e, no princípio, meu desejo era de não acreditar. E se ela tivesse mesmo três pares de olhos?, me perguntei: um par na testa, dois no lugar dos olhos e mais um par de olhos no queixo? Fiquei espantado com minha ideia. Coisa impossível. Seu rosto seria muito estranho. E para ver o mundo não são necessários tantos olhos. Guardar na memória o que seis olhos veem é impossível. E mesmo os que não a conheceram, elogiavam a beleza daquela senhora. Parecia feita de três gotas de sereno, três grãos de açúcar e três toneladas de mansidão. Uma mulher assim precisar de seis lentes era muito para um menino compreender. Só que eu não pretendia compreender. Só procurava ver. Quem vê, não duvida.

Mas jamais cheguei a conhecê-la. Ouvi boatos sobre sua passagem. Ela partiu três horas antes de minha chegada. Ficara sabendo que eu havia descoberto seu segredo. Procurei por ela, e alguns respondiam que fora viver em Três Corações. Outros falavam que morava, hoje, em Três Pontas. Havia quem afirmava que se mudara para o Triângulo Mineiro. Acredito que ela passeia pelo Triângulo das Bermudas, mas ninguém me escuta. Dizem que vivo no mundo da lua.

Quero ter certeza de que ela existiu. Acredito que a mentira é uma outra verdade. Ao entrar em sua casa, passando pela parede que não existia, encontrei seus três pares de óculos, dentro de três caixas com cadeados, sobre três cadeiras de balanço. Devia ter viajado muito de repente e esqueceu seus olhares descansando, pensei. Ou, quem sabe, ela descobriu que os óculos não lhe faziam mais falta. Guardei-os para mim. Eu enxergava pouco naquele tempo. Confundia o verdadeiro com o falso, o distante com o próximo, o maior com o menor, o amor com o desamor. E mais! Meus olhos não enxergavam o lá longe, ignoravam o cá perto e não sabiam encontrar horizontes.

Ao deparar-me com seus três pares de óculos, a alegria disparou no meu coração. Mas me ocorreram três dúvidas: e se ela voltasse para buscá-los? E se esqueceu o caminho da volta? E se viajou pelo rio que rola e virou mar? A felicidade faz a gente ficar inseguro.

Não

perguntei a ninguém por ela. Por muito ouvir dizer, os mais antigos contavam que ela se chamava Maria das Dores. Os mais jovens afirmavam ser Maria do Céu. Eu cismava ser Maria das Graças. Mas todos a conheciam como a mulher que tinha três pares de óculos: um para ver o perto, outro para ver o longe e o terceiro para procurar os dois.

A coragem e a curiosidade me ajudaram a entrar em sua casa. Assentei-me em uma de suas três cadeiras. Segurei o primeiro par de óculos que estava ao meu lado, arrombei a caixa e vesti minha cara. Eram os óculos para ver o longe. E tudo veio para junto de mim de repente. Os pássaros cantavam em meus ombros; as borboletas pousavam em meus joelhos; as frutas enchiam meu colo; a música das cigarras cerrava meus ouvidos; os rios corriam debaixo de meus pés; eu passeava sobre montanhas sem sair de casa; as árvores me cobriam de sombras. Até o amor veio me visitar, chegando devagarinho, devagarinho. A linha do horizonte passou a morar em meu caderno; as nuvens navegavam no teto da casa. Tudo o que me parecia longe, longe, agora eu podia tocar, acariciar, afagar e escolher.

C hegou um dia em que a saudade me pediu para trazer de longe a minha infância. Usei os óculos e me vi brincado na rua, escutando história da minha avó, esperando a chegada do Natal, nervoso diante de meu primeiro caderno e aprendendo a ler na cartilha de Lili.

Ansioso com tamanha beleza, troquei de óculos. Usei o de ver o perto. Tudo o que me rodeava foi para bem longe: as pedras do chão, o medo que me rondava, as tristezas que guardava, os segredos, os relâmpagos, as lágrimas, as perguntas, o pernilongo cantor, o louva-a-deus religioso, as dores, as saudades; tudo viajou para bem depois.

Senti pesar. É que muitas coisas que estavam perto, eu queria que continuassem perto. Não gostava de óculos que me roubavam preciosos bens: gato, cachorro, vaga-lume, a doce formiga, a melada abelha e as saudades do ontem. É que saudade só existe quando o tempo foi bom... Eu guardava tantas saudades.

Assim, descobri por que a antiga dama não precisava sair de casa. Seus óculos traziam o mundo inteiro para suas mãos. As coisas de que ela gostava, os óculos de ver o longe buscavam. E tudo o que incomodava, os óculos de ver o perto jogavam para depois do fim do mundo. Bastava um pouco de prática e trabalho para se acostumar com os três pares de óculos e suas muitas surpresas.

Mas a mulher acabou ficando preguiçosa; inventei para suportar o segredo. Não se levantava nunca da rede que ficava no meio da casa. Vivia cheia de preguiça e nem mais dormia. Quando o sono passava, ela usava os óculos de ver o perto, e o escuro fugia para longe. E se trocasse os óculos de ver o perto pelos de ver o longe, a noite vinha, mas se esquecia de trazer estrela e lua. E o que ela mais queria era a companhia das amigas estrelas chamadas de Três Marias. Maria das Graças mostrava medo da solidão.

Pensei

bastante e concluí: quem possui três pares de óculos não morre nunca. Todas as vezes que a morte se aproxima, é só usar os óculos de ver o perto e afastar sua presença. E se falta vida, basta usar os óculos de ver o longe que a vida vem viver perto.

Fiquei

com os três pares de óculos para mim. Perdi, por descuido, os óculos de ver o perto e os de ver o longe. Acho que ao usar os meus próprios olhos, descobri que minha memória podia ver o longe, o perto e escolher entre os dois. Sonhar meu sonho passou a ser melhor que fantasiar sobre os três pares de óculos.

O problema é que me sobraram os óculos para procurar os dois. E, quando uso, não descubro o que está perto nem o que está distante. Tudo fica misturado e difícil de separar. Agora, moram em mim, num mesmo tempo, o feio e o bonito, o triste e o alegre, o medo e a coragem, a partida e a chegada, o céu e a terra, o doce e o salgado. E, por mais esforço que faça, não consigo arrancar de mim os óculos de procurar os dois. Insistiam em ser os meus olhos da verdade. Mas, sem gostar de confusão, pedi ajuda ao senhor Trindade. Ele veio, fez força e sumiu com os óculos para nunca mais.

Se me pergunto onde foram parar os outros dois pares de óculos, penso que a velha senhora os levou. Ela deve estar perto do paraíso, olhando uma santíssima trindade: céu, inferno e purgatório. Precisa dos óculos para não errar na escolha do destino. Ela sabe afastar o que incomoda e se servir apenas do que conforta. Mas, se ela se sentir só, bem poderá usar os óculos de ver o longe e me buscar. Quero muito conhecê-la.

Hoje descubro que não necessito mais de óculos. Os meus olhos de verdade estão sempre procurando o longe para equilibrar o que está mais perto. Assim vivo de real em real, de fantasia em fantasia. E quanto mais sonho, mais acordado estou. Posso afirmar que todos nascemos com três pares de óculos. É uma cortesia que a vida nos faz. O difícil é saber usá-los.

Bartolomeu Campos de Queirós

Nasceu em 1944 no centro-oeste mineiro e passou sua infância em Papagaio, "cidade com gosto de laranja-serra-d'água", antes de se instalar em Belo Horizonte, onde dedicou seu tempo a ler e escrever prosa, poesia e ensaios sobre literatura, educação e filosofia. Considerava-se um andarilho, conhecendo e apreciando cores, cheiros, sabores e sentidos por onde passava. Bartolomeu só fazia o que gostava, não cumpria compromissos sociais nem tarefas que não lhe pareciam substanciais. "Um dia faço-me cigano, no outro voo com os pássaros, no terceiro sou cavaleiro das sete luas para num quarto desejar-me marinheiro."

Traduzido em diversas línguas, Bartolomeu recebeu significativos prêmios, nacionais e internacionais, tendo feito parte do Movimento por um Brasil Literário. Faleceu em 2012, deixando sua obra com mais de 60 títulos publicados como maior legado. Sua obra completa passou a ser publicada pela Global Editora, que assim fortalece a contribuição desse importante autor para a literatura brasileira.

Suppa

Minha mãe é pintora. Quando eu era pequena, ela dava aulas de desenho para crianças, e eu era uma delas.

Fui crescendo e desenhar foi se tornando minha diversão favorita, nem imaginava que um dia se tornaria minha grande paixão e meu trabalho.

Tornei-me arquiteta e fui para Paris estudar Histórias em quadrinhos na École d'Arts Appliqués Duperré, onde vivi por 20 anos trabalhando como ilustradora.

Retornei ao Brasil e ilustrei mais de 180 livros, sendo vencedora do Prêmio Jabuti em 2007 e em 2017. Um dos livros que escrevi, *Os óculos mágicos de Charlotte*, virou uma série de desenho animado.

Site: www.suppa.com.br
Instagram: @suppaoficial
YouTube: @CanaldaCharlotte